# SUITE DU SECRETAIRE DU PARNASSE,

PAR LE POETE SANS FARD.

## SECONDE PARTIE.

*Brochure in octavo, vingt sols.*

A PARIS,

Chez { FRANÇOIS FOURNIER, rue Saint Jacques, aux Armes de la Ville.
D'HOURY fils, rue de la Harpe, vis-à-vis la ruë S. Severin, au St Esprit.

MDCCXXIV.

*Avec Approbation & Privilege du Roy.*

# APPROBATION

*De Monsieur l'Abbé* RICHARD, *Doyen des Chanoines de l'Eglise Royale & Collégiale de Sainte Opportune à Paris, Prieur Seigneur de l'Hôpital*, &c. *Censeur Royal.*

J'Ai lû par Ordre de Monseigneur le Garde des Sceaux la *Suite du Secretaire du Parnasse, par le* POETE SANS FARD. Il m'a semblé d'abord que cet Auteur alloit imiter ces doctes Journalistes qui nous apprennent tous les mois ce qu'il y a de nouveau dans la République des Lettres : cependant il n'en fait rien ; & j'ai remarqué qu'il ne le remplit que de ses ouvrages, au lieu que ces Héros des Belles Lettres ne composent leurs Journaux que des extraits des Livres qui s'impriment dans toute l'Europe : ce sont-là *les véritables Sécretaires du Parnasse.* Notre Versificateur a donc tort de prendre une qualité qu'il ne remplit pas : il n'est Secretaire que de lui-même. Mais après avoir condamné la témérité qu'il a de prétendre aller de pair avec les beaux Esprits, je ne puis m'empêcher de louer la vivacité du sien, & la fécondité de son imagination. S'il continue à nous donner des piéces aussi curieuses que celles que je viens de lire, le Public qui aime la critique, trouvera beaucoup de plaisir dans la lecture de celle qui sort de sa plume, toujours un peu trop vive, mais qui a pourtant cela d'heureux, qu'elle n'attaque que les ouvrages, & jamais les mœurs. Cette réserve en a donné une si belle idée, que les Hollandois gens de bon goût, viennent d'en imprimer la premiere partie. Une preuve si éclatante de sa bonté, autorise l'approbation de la seconde qu'ils attendent avec impatience. A Paris le 10 Mars 1724.

*L'Abbé* RICHARD, *Censeur Royal.*

SUITE

# SUITE DU SECRETAIRE DU PARNASSE.

## *Réfléxions ſur le peu de reconnoiſſance des Auteurs envers leurs Mecenes.*

QUelques Auteurs non ſeulement ne rendent point graces à leurs bienfaiteurs, mais ils trouvent encore mauvais que d'autres s'acquittent de ce devoir. C'eſt ce qui m'eſt arrivé au ſujet d'un Remerciment en Vers que j'ai crû devoir à Sa Majeſté Impériale, pour une Médaille d'or très conſidérable dont Elle a honoré un Graveur de mes amis : ces Vers ont été pour eux une pierre de ſcandale, ils les ont condamnez *au Tribunal de l'If*, & ont fait de grands efforts pour les tourner en ridicule : jaloux de voir des récompenſes paſſer dans d'autres mains que les leurs, ils ſe ſont déchaînez contre un éloge auquel ils n'avoient point de part ; en quoi ils ont témoigné une malice d'autant plus blâmable, qu'ils doivent ſçavoir que la Gravure, la Chirurgie & la Sculpture sont les trois arts qui font le plus d'honneur à la France, par le haut point de perfection où les François les ont portez.

*A M.* DESROCHERS *Graveur du Roy, sur une Médaille qu'il a reçue de l'Empereur en 1723.*

Enfin, cher DESROCHERS, même dès cette vie,
Tu jouis de la gloire en dépit de l'envie;
Et tu peux te vanter que les dons de César
Ne t'ont point recherché par un coup du hazard.
Ce Prince que le Ciel chérit, éclaire, & guide,
A le discernement juste autant que solide:
Les beaux Arts qu'il soutient & paye au poids de l'or,
Vont sous son regne heureux prendre un nouvel essor.
De ce sage Empereur, vrai successeur d'Auguste,
Aux yeux de l'univers tu présente le buste;
Et le papier fragile où brille ton burin,
Vaincra le tems qui ronge & le marbre & l'airain.
Poursuis, cher Desrochers, grave tous les grands hommes,
Tant des siécles passez que du siécle où nous sommes;
Représente leurs ports, leurs gestes, & leurs traits,
Je te promets des vers pour orner leurs portraits;
Ma Muse les peignant toujours d'après nature,
N'en imposera point à la race future;
Et peut-être qu'un jour aimant la vérité,
Nos neveux rendront grace à ma sincérité:
Au lieu que révoltez contre mes adversaires,
Ils les mépriseront comme autant de faussaires,
Qui faisant de notre Art un trafic odieux,
Prophanent lâchement le langage des Dieux.

L'Empereur a encore fait présent d'une belle Médaille d'or au R. P. de Monfaucon, célebre Antiquaire & connu par des Ouvrages d'une profonde littérature. Le Graveur & l'Ecrivain doivent cet honneur au zéle du Docteur *Hareus* Conseiller Aulique & célebre Antiquaire, qui loin de montrer une basse jalousie envers ses Confreres les Sçavans, fait valoir leur mérite & leurs travaux auprès de Sa Majesté Impériale.

Ce même Docteur m'ayant chargé de mettre au bas du Portrait de ce Monarque, une sentence tirée de l'Ecriture, je tournai assez heureusement ces paroles de Jesus-Christ, *Reddite quæ sunt Cæsaris Cæsari, & quæ sunt Dei Deo* :

*Debita quæ sibi sunt hic reddi jure meretur*
*Cæsar; nam quæ sunt, reddit & ipse Deo.*

Ce distique exprime assez noblement la piété héréditaire à la Maison d'Autriche, & dont ce grand Prince fait une profession toute particuliere.

Au reste ce Docteur & docte Ecrivain a fait présenter depuis plus d'un an un Livre de sa composition, à l'Académie des Médailles, sans en avoir encore été remercié; mais cette négligence vient beaucoup moins de cet illustre Corps, que par la faute de son dédaigneux Sécretaire, qui croit que tout lui est dû, pendant qu'il s'imagine ne rien devoir à personne; pas même à M. de Fontenelle, qu'il copie tant qu'il peut.

Il prétend même, en qualité de grand Deviseur de France & de suprême Surintendant des Inscriptions, qu'il a droit d'exercer un souverain despotisme sur toute la Littérature. C'est dans cet esprit que jaloux des Inscriptions que j'ai faites pour la Statue équestre de Lyon, il publie partout avec un de ses associez, que je n'écris pas mieux en vers qu'en prose, & en françois qu'en latin; mais cela supposé, comme je n'ai ni pensions ni gages, il m'est moins honteux d'écrire mal, qu'à lui qui est payé pour bien écrire, & qui par conséquent écrivant mal, est obligé à restitution.

En attendant que je donne au Public un état de notre dispute littéraire, je vais proposer un défi à ce noble & glorieux Surintendant; s'il en sort victorieux, j'avoüerai ma défaite publiquement.

Tout l'avantage étant de son côté dans ce combat, il ne sçauroit le refuser sans se couvrir de honte. Je le défie donc de faire, par reconnoissance à l'honneur de feue S.A.R. MADAME, quelque chose d'aprochant de l'Ode que j'ai composée, par le seul motif de rendre hommage à ses vertus.

## *DE'FI.*

N... à quoy pense-tu?
Loin de chanter la vertu
D'une très digne Princesse,
Tu croupis dans la paresse,
Et laisse son monument
Sans vers & sans ornement.
Ingrat, ne tiens-tu pas d'elle,
Et les honneurs & le bien,
Le rang d'Académicien,
Et de l'Espece réelle?
Vingt mille écus à la fois
Donnez d'une main propice,
Mèritoient bien que ta voix
Eût loué ta bienfaitrice.
Un illustre bel esprit
Surintendant des Devises,
Auroit dû dans un Ecrit
Plein de paroles exquises,
Soit en prose, soit en vers,
Apprendre à tout l'Univers
La bonté, la grandeur d'ame
D'une si parfaite Dame.

Mais je te défie en vain ;
Car des Arts & des Sciences,
Vrais trésors d'un Ecrivain,
Tu n'as que les apparences.
S'il te reste un peu de cœur,
Tu dois prouver que ma muse
Dit faux lorsqu'elle t'accuse
D'être ingrat ou froid Auteur.
Que si par le froid extrême
Qui régne dans ton cerveau,
Tu ne sçaurois par toi-même,
Produire ouvrage assez beau;
Payant à prix de finance,
Quelque rimeur d'aujourd'hui;
Fais voir ta reconnoissance
Et ton esprit par autrui.

## *STANCES*

### *sur la mort de S. A. R.* MADAME.

PLeurons, François, versons des larmes;
La mort infléxible à nos vœux
A mis le comble à nos allarmes,
Par un des coups les plus affreux:
Une Princesse en qui la France
A mis toute sa confiance,
Entre aujourd'hui dans le tombeau:
Et cet astre dont la lumiere
Réjouissoit la terre entiere,
S'éteint comme un simple flambeau.

Mais que dis-je? bien que cet astre,
Pour aller briller dans les cieux,
Nous laisse ici dans le désastre,
En disparoissant à nos yeux;

Cette auguste & sage Princesse,
Par une éclatante sagesse,
Réglant son esprit & son cœur,
Laisse un nom tout brillant de gloire,
Et qui vivant dans la mémoire,
Des tems sera toujours vainqueur.

Princesses, sur un tel modele
Réglez vos désirs & vos pas,
Si vous voulez un jour comme elle,
Vivre encore après le trépas,
Soyez affables, accessibles,
Compatissantes & sensibles,
Prenez part aux malheurs d'autrui;
Conservez un cœur pur & chaste;
Et fuyant l'orgueil & le faste,
En Dieu seul mettez votre appui.

Telle fut la Princesse auguste
Que nous regrettons en ce jour;
Son cœur droit aussi bon que juste,
Fit les délices de la Cour:
Sous la pourpre & les pierreries,
Les perles & les broderies,
Instrumens de la vanité,
Elle étoit humblement modeste;
Et pleine d'une foy céleste,
Aspiroit à l'éternité.

Aussi Dieu sûr en sa promesse,
Bénissant les fruits de son flanc,
A montré toute sa tendresse
En faveur de son noble sang:
Elle a vû son fils & sa fille,

Par une nombreuse famille,
Assurer sa posterité.
Les Espagnes & les Lorraines,
Modene y prend des Souveraines;
Son bonheur n'est point limité.

M. le Surintendant ne manquera pas de répondre que j'ai tort de le défier en Poésie françoise, puisque ce n'est point son talent; & que la Langue latine étant consacrée aux Inscriptions, c'est là son véritable champ de bataille.

Mais pour lui faire voir que je n'ai pas dessein de reculer, je vais encore l'attaquer dans son prétendu fort, par une inscription latine:

*Orta Palatino germana hac sanguine Princeps*
*Regia apud Gallos nomine reque fuit.*
*Huic Deus innumeram tribuit pro munere prolem,*
*Illius ut toto regnet in orbe genus.*

Qu'il fasse mieux, nous serons bientôt bons amis; je le regarderai comme mon maître, & je rendrai à la supériorité de son esprit les honneurs & les égards qu'il veut s'arroger par une Charge qu'on peut acquérir à force d'argent, plutôt qu'à force de science & de mérite.

Voici même encore d'autres vers que j'expose à sa critique d'autant plus volontiers, qu'ils ne sortent point de mon sujet. Le Pape ayant envoyé une magnifique médaille d'or au P. Feydeau Prieur du grand Couvent des Carmes de la Place Maubert, j'ai été si charmé de la libéralité du S. Pere, que je n'ai pû retenir les transports de ma Muse: cette médaille représente d'un côté le portrait de Sa Sainteté, & de l'autre l'Eglise en ornemens pontificaux, précédée par l'Ange S. Michel qui perce un monstre à plusieurs têtes; allégorie d'autant plus juste, qu'elle fait une allusion au nom du Pape Michel Ange Conti.

*Contius iste quis est, gestans in fronte Thiaram?*
*Angelus est Michael ea o qui missus ab alto*
*Fulminat, atque renascenti capita exsecat hydra.*
*Christicolæ patri grates persolvite Christo,*
*Pastorem qui tam dignum præfecit ovili.*
*At tu cui signum hoc expressum donavit in auro,*
*Maximus hic Præsul; Romanas sustine partes;*
*Hæreticos sermone potens, calamoque retunde:*
*Te decet hic zelus natum de stirpe prophetæ:*
*Igniferam ergo ensem pugnando sume patroni.*

Quel est ce saint Pontife orné d'une tiare?
C'est l'Ange saint Michel qui descendu des cieux,
Combat contre un hydre barbare,
Un monstre renaissant toujours plus furieux.
Loué soit le Seigneur qui donne à son Eglise,
Un suprême Pasteur, un Chef qu'il favorise,
Quant à toi qu'aujourd'hui le souverain Prélat
Récompense avec tant d'éclat,
Zélé pour la doctrine saine,
Sois toujours du parti de l'Eglise Romaine:
De vive voix ou par écrit,
Soutiens la Loi de Jesus-Christ;
Et pour combattre l'hérésie,
En enfant du Carmel prens le glaive d'Elie.

Le P. Sébastien Géometre illustre, & confrere du P. Feydeau, a trouvé ces vers si fort de son goût, qu'il m'a promis un Cadran horisontal pour le beau parterre de mon Prieuré: je ne manquerai pas de l'en remercier par des vers que je vous communiquerai dans la suite d'une autre Dissertation contre les Auteurs ingrats envers leurs Mecenes.

S'ils ont assez de crédit pour me fermer la bouche à présent, leur régne ne durera pas toujours, & alors vous ne perdrez rien, comme on dit, pour avoir attendu. Au reste, afin qu'ils ne m'accusent pas d'être moi-même coupable du crime que je leur reproche, voici des vers qui concernent Monseigneur l'Archevêque de Cambray, lequel en qualité de Prieur de S. Martin des Champs, m'a conferé le plus beau Prieuré de France : il est si magnifique depuis les réparations que j'y ai fait faire, qu'on m'a déja sollicité plusieurs fois de le permuter contre un plus riche, d'autant qu'il y faut mettre plus qu'on n'en retire : mais j'ai répondu que tant qu'il me resteroit vingt sols par jour, ce qui n'est pas aujourd'hui le salaire d'un misérable manœuvre, je ne m'en déferai jamais.

Mes ennemis ne manqueront pas de publier que j'ai le cœur aussi grossier que le goût ; tous leurs discours ne me feront jamais penser ni agir autrement. Comme je ne crus pas devoir employer aucuns patrons auprès de Monseigneur de Cambray pour obtenir ce Bénéfice, ce Prélat apparemment prévenu, fit quelques difficultez de me le conferer ; mais il le fit enfin de si bonne grace, & passa si bien sur tous les scrupules, que je ne l'oublierai de mes jours. Les vers suivans que je pris la liberté d'adresser à un de ses amis, vous mettront plus au fait que tout ce que je pourrois vous en apprendre en prose.

Damon qu'un grand Prélat comble de son estime ;
Ferois-tu voir un cœur insensible à la rime,
Et pourrois-tu souffrir que ce charmant Prélat
Fît voir pour ce bel art une haine d'éclat ?
Un Poëte, il est vrai, sans fard & satirique
Lui demande une grace en stile Poétique ;

Mais ce même fleau des froids & sots Rimeurs,
A toujours respecté Dieu, l'Etat, & les mœurs.
  Toujours pour le Régent plein d'ardeur & de zele,
Il a de ce Héros fait un portrait fidele,
Et contre les discours d'un vulgaire ignorant,
A prouvé qu'il étoit aussi sage que grand.
Cependant aujourd'hui, pour toute récompense,
Un Prélat qui lui doit sa gloire & sa naissance,
Bien loin de me servir de patron généreux,
Et de me soulager dans un sort malheureux,
Refuse à mes souhaits une aimable retraite....
Ah, vous êtes trop vif, direz-vous, ô Poëte?
Un délai de huit jours vous paroît un refus?
Mais bientôt le Prélat va vous rendre confus;
Vous aurez de sa main le petit Bénéfice,
A charge toutefois de réciter l'Office:
Préparez votre Muse à des remercimens,
Qu'elle y fasse briller de nobles sentimens,
Que la louange y soit sagement départie;
Autrement vous pourriez blesser sa modestie:
D'un Prélat légitime il a les qualitez,
Et son mérite enfin passe ses dignitez.

Je vous ferai part une autre fois du Placet en vers que je lui adressai, & dans lequel vous trouverez de ces traits de franchise & de sincérité que vous dites ne point trouver dans tous nos rimeurs d'à présent. Ce Rondeau ne sera pas moins de votre goût; le refrain fait allusion aux termes dont se servit ce Prélat, en m'accordant sa nomination: *Vous êtes mon fils aîné*, me dit-il, *car c'est le premier Bénefice en Commende que j'aye encore donné.*

## RONDEAU.

T*On fils aîné*, Prélat au cœur si bon,
Qui me nommas pour Prieur du Baillon,
D'un tel bienfait gardant la souvenance,
Prîra le Ciel qu'il te fasse Eminence:
A ton sçavoir l'on doit ce vermillon.

Le tems qui court & vole en postillon,
De pourpre en peu décorant ta naissance,
Comblera lors d'aise & de joye immense
*Ton fils aîné.*
De l'eau du Pinde avalant un bouillon,
Sa Muse aussi fera tel carillon,
Qu'on l'entendra de par toute la France:
N'en croi donc point la Poëtique engeance,
Qui fait passer pour un esprit brouillon
*Ton fils aîné.*

J'apprens avec plaisir que le Pape plus complaisant que d'autres Princes Ecclésiastiques, lui accorde ses Bulles de l'Archevéché de Cambray *gratis*; ce qui charme tous les honnêtes gens.

Mais à propos de bénéfice, sçavez vous bien, Monsieur, que l'avarice & la cupidité font naître tous les jours tant de chicanneurs & de subtils dévolutaires, que je tremblerois pour le mien avec grande raison, s'il étoit aussi riche qu'il est agréable; mais comme ces harpies ne s'attachent qu'à la graisse & au sang, je me rassure.

Mon Bénéfice ayant été entre les mains d'un Prince* pendant près de vingt années, & rapportant peu, il n'y a pas d'apparence qu'il soit jamais envié par un

* Mgr le Prince de Lorraine, Evêque de Bayeux.

misérable faquin ; & un gros Seigneur n'auroit jamais l'ame assez basse pour vouloir m'en déposseder.

Le dévolut que le sieur Poupart vient de jetter sur le Prieuré de Saint Paul-aux-bois, uni depuis près d'un siécle à la Maison de l'Institut des RR. PP. de l'Oratoire, est si odieux & si généralement détesté, que le dévolutaire n'ayant osé le soutenir sous son nom, a fait cession de son prétendu droit à un nommé Richard, qui croit se signaler en suivant ce dévolut, autant que M. l'Abbé Richard Doyen des Chanoines de Ste Opportune, s'est signalé près des gens d'honneur, par sa vive déclamation contre les dévolutaires, dans sa docte Dissertation sur l'Indult.

Comme la conformité des noms pourroit être d'une consequence très-dangereuse dans une pareille occasion, voici une Lettre que je lui écrivis là-dessus, & qu'il est bon de rendre publique, pour aller au-devant de toutes les impressions désavantageuses qu'elle pourroit causer à sa réputation ; puisque bien loin d'être du nombre des dévolutaires, il les poursuit à feu & à sang, il les hache en piéce, & les dénonce au ciel, à la terre, & aux enfers.

# LETTRE

*A M. l'Abbé Richard, Censeur Royal, au sujet de sa Dissertation sur l'Indult du Parlement, & du dévolut pris par l'Abbé Poupard sur le Prieuré de Saint Paul-aux-Bois, uni à la Maison de l'Institution des Peres de l'Oratoire de Paris.*

MONSIEUR,

La Dissertation que vous venez de donner en faveur de l'Indult, avec une hardie déclamation contre les dévolutaires, m'a causé tant de joye, que je n'ai pû retenir ma Muse.

Abbé, fleau de la chicanne,
Et qui par de doctes Traitez,
Maintiens l'Eglise Gallicane
Dans ses droits & ses libertez.
Par toi l'Indult, cette matiere
Jadis si pleine d'embarras,
Montre aujourd'hui tant de lumiere,
Qu'on n'y fait plus aucun faux pas.
Dans une si noble entreprise
Un grand Magistrat t'autorise,
Comme l'oracle de nos Loix,
Et le soutien du Droit françois.
Contre ces infames Corsaires,
Ces odieux dévolutaires,
Il approuve ton zele ardent:
Cette inique & félonne gent,
De l'esprit malin animée,

Nous paroît si bien foudroyée,
Qu'en France on ne verra plus
L'Eglise en proye aux dévoluts.
C'est ainsi qu'en Ecrivain sage,
Et zelé pour la vérité,
Tu t'acquiers par ton digne ouvrage
L'amour de la postérité.

Il y a plus de six mois, Monsieur, que je vous ai envoyé ces vers : votre modestie n'a pas voulu en faire part au Public ; mais je crois devoir lui apprendre la vérité d'un fait que vous avez interêt que l'on sache. On débite partout, & il est vrai, que l'Abbé Poupard ci-devant Chantre de Saint-Maur, dans l'espérance d'avoir dix mille livres de revenu de plus, a succombé à la tentation de jetter un dévolut sur le Prieuré de Saint Paul-aux-bois dans le Diocese de Soissons : il s'est flaté que si l'Abbé d'Apoigny avoit enlevé par la même voye le Prieuré de Pomponne uni depuis près de cent ans au College des Jésuites d'Amiens, & qui faisoit subsister leur sçavante Communauté, il auroit encore moins de peine à dépouiller les P. de l'Oratoire d'un Bénéfice qui fait aussi le principal revenu de leur Maison. Mais j'ai appris que la lecture de votre Dissertation sur l'Indult, & des comparaisons que vous y faites des dévolutaires aux crapaux, aux oiseaux de proye, aux écumeurs de mer, aux Pirates & aux balays, l'effrayerent si fort, qu'il se repentit de s'être mis dans la compagnie de cette vermine ; il fut piqué de lire que l'on avoit fait l'éloge de l'âne, du pou, de la puce, de la fiévre, & du diable même, & qu'il ne s'étoit encore trouvé personne qui se fût avisé de dire le moindre bien d'un dévolutaire, tant on avoit d'aversion pour ces insectes. Ce qui acheva d'ébranler le cœur de cet Abbé, fut qu'il jetta les yeux sur l'endroit de votre Livre, où vous remarquez que la haine du Cardinal de Bellarmin pour eux, alloit de pair avec celle qu'il avoit pour les diables, *diabolicos devolutarios semper odio habui*; termes si énergiques, qu'il n'y a pas desormais dans la Societé civile un honnête homme qui n'aimât mieux être Vicaire de Village, habitué de Paroisse, ou Portier des Cordeliers, que d'avoir dix mille livres de rente par l'artifice d'un dévolut.

Il quitta prise, & promit en galand homme de renoncer à ce droit infame, qui alloit lui faire perdre l'estime que tous les honnêtes gens dont il est connu, ne peuvent refuser à son mérite : il n'a pourtant fait la chose qu'à demi; & en cela il est la dupe de lui-même, puisqu'en faisant semblant d'abdiquer ses prétentions chimériques en faveur d'un jeune homme moins scrupuleux que lui sur l'honneur & sur la conscience, il s'est réservé deux mille livres de pension. Par malheur ( & ce qui me fait beaucoup de peine ) c'est que ce Néophite qui va paroître en cause, porte votre nom. Je veux donc annoncer partout que ce Richard qui devroit rougir d'être cessionnaire de droits litigieux, est un Clerc tonsuré de la Paroisse de S. Gervais : je sçai ( mais ce n'est pas assez, il faut que personne ne l'ignore ) qu'il ne vous est ni parent, ni allié, ni ami, que vous ne le connoissez point, que vous ne l'avez jamais vû, & que vous détestez une entreprise capable de couvrir pour jamais de confusion les Ecclésiastiques qui pour se faire un établissement dans l'Eglise, ont la témérité de tenter d'envahir par des dévoluts, des titres de Bénéfices dont l'union s'est faite dans les formes ordinaires aux Maisons des Jésuites & des Peres de l'Oratoire, sous prétexte de quelques défauts de formalitez imaginaires, couverts par le laps de temps; défauts ausquels Sa Majesté a eu tout récemment si peu d'égard, qu'après l'examen qui en a été fait dans son Conseil suprême, elle oblige par Arrest de son Conseil du trente Novembre dernier, de rendre au College des Jésuites d'Amiens le Prieuré de Pomponne, qu'un Arrest de son grand Conseil avoit ajugé au dévolutaire d'Apoigny; il est vrai que Monsieur l'Archevêque de Cambray lui fait une pension de 3000 liv. pour l'en dédommager. Je n'entre dans ce détail que par rapport à vous: je ne sçaurois souffrir qu'après avoir fait regarder les dévolutaires comme des monstres dans la societé civile, on puisse un moment se méprendre, & vous soupçonner de changer, d'être ce Richard qui se livre en spectacle, & qui va s'attirer l'indignation de tous les gens de bien, & le mépris de ceux mêmes qui défendront sa misérable cause, qu'il doit perdre & qu'il perdra, puisque de cent dévolutaires, il n'y en a pas deux qui réussissent, & que les motifs de son dévolut ne vallent rien. Heureux si en dévelopant ce mystére, je puis arrêter la rapacité de ces harpies, & délivrer les deux illustres Societez de Jésuites & de l'Oratoire, de la persécution ouverte de ces coureurs de Bénéfices, qui croyent qu'il leur est permis de hazarder l'impossible, pour assouvir la passion dévorante d'acquérir des richesses *per fas & nefas*; & je ne désespere pas que par la lecture de votre Livre & de cette Lettre, nous ne venions à bout d'exterminer ces Philistins, ces lions rugissans ennemis jurez des Bénficiers: ils sont tous si lâches, que le plus hardi d'entre eux n'oseroit nous répondre: la haine que j'ai pour eux n'a point de bornes que celles que la Religion y met, depuis que j'ai appris

pris dans votre ouvrage la manœuvre que trament ces malheureux pour attraper des revenus Ecclésiastiques. Je voulois finir avec les paroles de David dont vous vous servez si bien, *Perfecto odio oderam illos*, & j'ajouterai *& inimici facti sunt mihi*; je souhaite pourtant que Dieu les convertisse.

Mais en écrivant ces dernieres paroles qui sont les vœux sinceres que je faisois pour leur salut, un de vos amis à qui je communiquois la Lettre que j'ai l'honneur de vous écrire, me dit brusquement : Je fais bien d'autres prieres au Ciel ; lisez ces vers en stile marotique, & les envoyez à l'Abbé Richard, ils ne lui déplaîront pas.

Bien crayonnez tous ces dévolutaires,
Quand les nommez Arabes & Corsaires ;
Harpies, crapaux, balays, larrons, forbans,
Courans sur tous, & l'avoir écumans,
De bons Prieurs dont aprés faisant cure,
Les francs gloutons & ribauds n'ont de cure
Que de pinter, gambader, s'ébaudir,
Par passetems de beaux Procès ourdir,
Plus désastreux que peste ne scorbut,
Plus déloyaux que ne l'est Belzébuth :
Bien l'avez dit, que ces dévolutaires,
Comme croquans, menteurs & faussaires,
Sont de plein droit aux enfers dévolus,
Prions qu'illec ils demeurent inclus.

Vous voyez, Monsieur, qu'il croit que tous les dévolutaires sont damnez ; il ne veut pas qu'ils sortent des enfers : cela n'est pas trop chrétien. Je m'imaginai qu'il badinoit dans cette façon de parler, parce qu'il sçait que quand on est là, on n'en sort plus. Mais d'où vient, lui dis-je, l'horreur que vous avez de ces vautours? C'est que je sors du grand Conseil, où j'ai appris ( ce qui est incroyable & qui est pourtant vrai ) qu'il y a un Adioucias décoré du titre & de la qualité de *quinzième dévolutaire* sur le même Prieuré, pour les mêmes causes & moyens que quatorze coureurs de Bénéfices avoient imaginez pour dépouiller un titulaire paisible : la défaite de ces quatorze larrons n'a pû faire appréhender le même sort à ce Fiérabras ; & ce qu'il y a de plus affreux, c'est qu'on m'a assuré que cet honnête Eglisier nommé Jean Léonard de la Coste, qui se dit Chanoine de Dijon, ne faisoit que prêter son nom à un personnage de quelque relief dans le monde, qui n'ose paroître sur la scêne, & qui mérite bien d'être démasqué & de trouver place dans l'histoire de ces gloutons, à laquelle l'Auteur de ces vers travaille sur vos Mémoires. Je vous les recommande comme à lui, ne les épargnez pas, & ne craignez point que cette race *genimina viperarum* vous demande réparation d'honneur, car tout dévolutaire y renonce, en arborant dans un Tribunal une signature de dévolut, que le Pape n'accorde qu'*ad duritiam cordis*, & qui le rend si défavorable, que le Roy ne le regarde plus comme Régnicole & son sujet, mais comme un étranger ; puisque par les Loix du Royaume il est obligé dans tous les Tribunaux où il ose se montrer, de donner caution ; toute Audience même lui est refusée, jusqu'à ce qu'il y ait satisfait : quelle infamie !

Il n'y a donc point de réponse à attendre de leur part, ni d'aucun Apologiste. L'Eglise, les Communautez, les mineurs, les Hôpitaux, les absens, les fous mêmes sont sous la protection du Roy ; dès qu'on les attaque, ses Procureurs Généraux & leurs Substituts prennent leur défense, & ils abadonnent les dévolutaires à leur mauvais sort ; ils sont les seuls dans la République que personne ne plaint & ne protege : on dit même que l'on va toutes les années afficher leurs noms dans les Tribunaux, dans les Places publiques, & dans les Carrefours, où l'on met ceux des Sergens interdits. Y a-t-il un état plus triste, & une plus grande humiliation ? Je gage que l'Abbé Poupard qui est dans le monde sur un bon pied, renoncera à sa pension chimérique, & forcera son Résignataire de se désister de ce vilain droit : cet honnête procedé qui les annoblira, engagera un nommé Meslier autre dénicheux de fauvettes, second dévolutaire du même Prieuré, d'en faire autant ; il a crû trouver la pie au nid, mais il n'a pris qu'un rat, car l'Abbé Poupard l'avoit prévenu, *qui prior est tempore, potior est jure*. Si ce Triumvirat pouvoit s'accorder & abdiquer, les Oratoriens seroient en repos, on n'auroit plus la témérité de les attaquer ; mais ces dévolutaires mangeurs de Chrétiens, n'ont pas l'ame assez belle pour abandonner ce qu'ils croyent charogne, quand ils l'ont halénée ; & ils méritent bien le nom d'Antropophages de l'Eglise Romaine, qu'un de nos Avocats leur a donné : vous l'avez oublié dans vos épithetes. C'étoit à l'occasion d'un autre dévolut pris par l'Abbé Boutard sur le Prieuré de Villenoces, uni aux Jésuites du College de Louis le Grand, en faveur des Missions de la Chine. Je prenois son parti, car c'est mon Confrere comme Poëte ; je voudrois bien qu'il ne se fût pas donné ce verni : je crois qu'il n'est pas à se repentir de s'être plongé depuis huit ans dans un appel comme d'abus d'une union, où (à ce que l'on m'a dit) il ne manque aucune formalité. C'est de lui dont apparemment vous avez voulu parler sans le nommer, dans votre Dissertation sur l'Indult, page 115.

Mais à propos de cette Dissertation, je viens d'en lire un magnifique extrait dans le Journal de Trévoux du mois de Septembre 1723; on n'a jamais écrit avec tant de pureté & de délicatesse, tant d'agrément & de noblesse: on en peut juger par les deux endroits que je vais rapporter; le premier est à la page 1657.

„ M. l'Abbé Richard entreprend de ranimer le cou-„ rage des Indultaires; il vient leur communiquer ses „ découvertes avec cet air de confiance que donnent „ des suffrages illustres, une réputation établie, une „ longue etude du goût du Public, & le doux plaisir „ de voir les magasins épuisez, après les éditions re-„ doublées de plus d'une douzaine de volumes en tout „ genre de littérature. L'Ouvrage avoit été projetté „ par les ordres de feu M. d'Argenson, & il paroît „ sous les auspices de M. le Garde des Sceaux, à qui „ l'hommage en étoit naturellement dû; puisqu'étant „ le seul qui applique la grace de l'Indult, il est aussi „ le seul à qui il appartient d'examiner la matiere & „ d'en décider. Peu d'Ecrivains sont plus en état de se „ passer d'Epitre dédicatoire, que M. l'Abbé Richard; „ mais celle-ci lui fournissoit trop à dire: il est trop ha-„ bile maître dans l'art de manier ingénieusemeut un „ éloge, pour manquer un aussi heureux sujet, & „ qu'il prévoyoit devoir être aussi favorablement re-„ çu de ses Lecteurs.

Cet éloge qu'on fait de vous n'est pas mandié: ces Peres n'en sont point prodigues; ils ne les donnent qu'au mérite.

Le second endroit que je trouve à la page 1660, ne vous est pas moins glorieux; le voici.

„ L'Auteur s'y propose de multiplier & de faciliter „ les moyens de placer l'Indult: sur ce plan, il mon-

„ tre par tout une ſagacité admirable à creuſer dans les
„ fonds Eccléſiaſtiques ; le plus maigre terrain ſe fer-
„ tiliſe à l'aide de ſes recherches ; il ſuit avec ſuccès les
„ moindres veines, & découvre de vraies mines d'or,
„ où l'on n'avoit encore apperçu pour les Indultaires
„ que le ſable & le tuf.

Après avoir lû cet extrait, je regrette avec tous les Sçavans, de ne pas voir la premiere partie de votre Diſſertation, où vous prouvez que les Princes du Sang & les Ducs & Pairs doivent jouir du droit d'Indult, comme Meſſieurs du Parlement.

Les Curieux la déſirent avec empreſſement : ſi vous ne faites pas lever les obſtacles qui en ſuſpendent l'impreſſion en France, vous aurez le chagrin d'en voir une des Pays Etrangers, qui pourra n'être pas correcte, n'étant point faite ſous vos yeux, mais ſur les copies qui en ont été tirées ſur l'original que vous avez communiqué à gens de bon goût ; ils en ont été charmez : je ſerai ravi de le voir. Vous ne ſçauriez accorder ce plaiſir à une perſonne qui vous ſoit plus dévouée.

---

# LETTRE

*A Monſieur ****

QUoique je n'aye pas douté un ſeul moment que le récit que vous m'avez fait de la mort de l'Auteur du Livre de la Danſe ne fût très-ſincere, j'ai été bien aiſe d'en apprendre la confirmation par la voye publique.

Comme cette Hiſtoire eſt très-édifiante, j'ai cru que vous ne trouveriez pas mauvais que je l'aſſaiſonnasse du sel Poëtique, qui peut fort bien s'allier avec celui de la sagesse même. Au reste il est étonnant que l'Auteur de deux Livres assez beaux pour mériter l'estime de Mrs les Journalistes, ait pû donner dans les visions chimériques de la Cabale ; les Dames qu'il fréquentoit & ses amis n'ont pas peu contribué à l'entretenir dans son systême cabalistique, en lui glissant dans ses poches des billets de la part de son génie Eliel.

Lorsqu'on achevoit l'impression de son Livre, il tomba malade & se confessa : il pria M. l'Abbé Richard qui en étoit le Censeur, de le présenter à feu Monseigneur le Duc d'Orleans à qui il est dédié, & à M. le Garde des Sceaux. Il étoit presque agonisant, lorsque l'Abbé Richard lui alla faire le récit de la maniere gracieuse dont il avoit été reçu : Je n'ai plus de regret de mourir, dit-il, puisque mon ouvrage a plû ; je suis content. Et moi, répondit l'Abbé Richard, je ne le suis pas de vous ; je viens d'apprendre que vous avez ce matin refusé le S. Viatique, parce que votre génie Eliel avoit promis de vous avertir quand il seroit tems : conserverez-vous ces visions extravagantes jusqu'à la mort ? elle n'est pas éloignée, & dans deux heures vous ne serez plus au monde : Et tenant le Crucifix en main, il lui parla avec tant de force & d'onction, que le vieillard octogénaire parut touché, & en donna des preuves par des larmes qu'il versa, & par des actes de contrition qu'il fit en baisant ce Crucifix. M. P. *** de *** qui l'appelloit son cher papa, & qui ne l'avoit pas quitté depuis quinze jours, fut si pénétrée de ce changement, qu'elle voulut avoir part à ce miracle de la grace. Dès que ce Docteur eut rempli ce que son caractere éxigeoit de lui dans cette occasion, il sortit en conseillant d'envoyer querir promptement le Curé & le Confesseur. La Dame prenant le Crucifix à la main, se jetta à genoux auprès du moribon; & s'appercevant qu'il tiroit à la fin, elle l'exhorta avec beaucoup de zele, d'esprit & de pieté; elle récita les Prieres des Agonisans; & après qu'il eut reçu l'Extrême-Onction, elle le vit mourir. Ce lugubre spectacle ne l'effraya point; elle lui ferma les yeux: Je veux, dit-elle, m'apprivoiser avec la mort, afin de n'en pas redouter les horreurs, quand l'heure en sera venue.

Je voulois vous donner cette pieuse scéne en stile poétique, autant pour décrire le triomphe de la grace, que pour servir de contre-poison à une piéce impie intitulée *la Bersabée*, que l'on a attribuée au sieur Rousseau, & qui certainement n'est pas de lui, mais d'un homme indigne du nom qu'il portoit; puisqu'il étoit capable de tourner en raillerie le plus auguste mystere de notre Religion: ce sera dans quelques jours que je satisferai la curiosité du Public. Il n'ignore pas à présent ce qui s'est passé au vrai à la mort de M. Bonnet, ancien Payeur des Gages du Parlement. Pour se consoler des disgraces de la fortune, il étoit devenu Auteur de deux Livres bien reçus dans le monde, l'Histoire de la Musique, & l'Histoire de la Danse; il les a mis au jour sous l'auguste protection de feue S. A. R. Mgr le Duc d'Orleans. Il avoit si fort à cœur de plaire à ce Prince, qu'il est mort sans regret, deux heures après avoir appris qu'en recevant son Livre des mains de M. l'Abbé Richard, il avoit dit: *Je n'ai jamais lû de Livre entier que celui de la Musique, qui m'a beaucoup diverti; je lirai celui-ci, parce qu'il est du même Auteur.* Rien ne satisfait plus un Auteur sensible à la gloire, qui est pour l'ordinaire tout le fruit de ses veilles, que l'éloge de ses ouvrages. M. le Garde des Sceaux toujours obligeant, ne s'exprima pas en des termes moins gracieux : Assurrez M. Bonnet que si mes occupations ne me permettent pas de le lire en entier, les plus beaux endroits ne m'échaperont point.

Au reste, Monsieur, je me flate que les Lecteurs seront autant édifiez des vers que j'ai fait sur ce sujet, qu'ils ont été scandalisez de ceux de M. de *** à son Médecin. Chacun sçait qu'Ovide souhaitoit de mourir d'amour aux pieds de sa maîtresse, *inter opus moriar :* mais cette galanterie outrée dans la bouche d'un Payen, devient un libertinage impie dans celle d'un Chrétien, & principalement aux approches de la mort; tems auquel les plus libertins pensent sérieusement à l'éternité.

Il auroit donc bien pû se passer de nous apprendre que la seule idée de son Iris le possedoit, lors que la Mort levoit sa tranchante faux pour l'abattre, & que Caron étoit au pied de son lit qui l'attendoit pour le passer sur la rive infernale. Qu'il rende grace au sieur Gervasi de lui avoir procuré le bonheur de revoir encore ses illustres amis les Richelieux, & les Bulembroks, & surtout l'aimable Genonville. A la bonne heure, telles amitiez lui font honneur : les libertins peuvent même lui pardonner la joie qu'il témoigne de revoir sa maîtresse; mais la peinture qu'il en fait n'est pas recevable parmi des personnes à qui il reste quelque pudeur.

Par toi je reverrai la charmante Climene,
Celle dont la beauté, les vertus, les appas,
M'ont fait souvent gouter cent plaisirs dans ses bras.

*On ne comprend pas trop bien*, dit le Journal de Verdun, *quelles peuvent être les vertus* d'une belle qui laiſſe prendre tant de plaiſirs dans ſes bras : c'eſt au Poëte à nous faire connoître comment il peut ſauver l'honneur de ſa maîtreſſe.

Il ajoûte qu'il ne doit point ſonger à plaire au ſortir d'une petite verole ; mais je n'en vois pas la raiſon, puiſqu'il peut encore plaire à ſes amis par ſon eſprit, & à l'objet dont il eſt aimé, par ſa fidélité & par ſa conſtance : la petite verole n'a aucun droit d'empêcher de plaire par de tels moyens.

Une belle défigurée par cette maladie pourroit bien dire qu'elle ne doit plus ſonger à plaire ; mais une telle réflèxion n'eſt point convenable à un homme : on ne peut excuſer ſes expreſſions que par les vers qui ſuivent.

> Par des vers à ſon Médecin,
> Auprès des gens ſenſez * * * ſe dégrade ;
> Et l'on peut aſſurer que ſi ſon corps eſt ſain,
> Son eſprit eſt encore malade.

Ses partiſans ne manqueront pas de dire que ces libertez Poétiques doivent être pardonnées à un jeune Auteur, d'autant qu'il en ignore les conſéquences ; mais je répons à cela que s'il eſt beau d'être jeune, il eſt encore plus beau d'être jeune & vertueux.

*Gratior è pulchro veniens eſt corpore virtus.*

D'ailleurs on ne peut plus paſſer pour jeune, quand on chauſſe le Cothurne, & qu'on ſe mêle d'inſtruire le Public par des Tragédies & des Poëmes épiques. Il faut non ſeulement ſçavoir la morale convenable à tous les différens états de la vie, mais il faut encore l'enſeigner, quand même on ne la pratiqueroit pas.

M. de * * * est donc très-coupable, étant vertueux comme il l'est, de ne pas conformer ses expressions à ses sentimens. Les deux beaux vers qu'il a pris dans la Fontaine, pour les mettre dans la bouche de son Oédipe, n'auroient point été messéans dans la sienne, sur le point d'aller rendre compte à Dieu.

Et puisqu'enfin le Ciel va terminer mon sort,
J'aurai vécu sans crime, & mourrai sans remord.

Dieu merci, & heureusement pour le Parnasse, le voilà revenu vainqueur d'une maladie qui a fait un terrible ravage l'année derniere. Le Public auroit une grande obligation au sieur de la Coste, si tout ce qu'il promet dans son Traité de l'Inoculation de la petite vérole, pouvoit réussir.

Mais pour être approuvez,
De semblables projets veulent être achevez.

C'est-à-dire qu'il faudroit qu'une expérience incontestable nous obligeât de pratiquer un remede qui paroît avoir à sa suite plus d'inconvéniens terribles que d'utilitez favorables.

Je laisse à Mrs les Journalistes à discuter le fond de cette doctrine; car outre que je ne me sens pas assez de capacité pour instruire le Public sur cette matiere, je suis bien aise que ces Mrs sçachent que je ne parlerai des Livres sur les arts & sur les sciences, qu'autant qu'ils pourront avoir quelque rapport à la Poésie.

*BREVET de Médecin Inoculateur.*

De par le Dieu porte marote,
Nous Géneraux de la Calote,
Attentifs à chercher des gens,

Qui par de singuliers talens,
Fruits d'un cerveau qui s'évapore,
Méritent qu'on les incorpore
Dans notre illustre Régiment.
Nous nommons le Docteur la Coste,
Par ce Brevet en Mandement,
Pour remplir le sublime poste
De Médecin grand Inserteur
Et subtil Inoculateur,
Gréfeur de petite vérole;
D'autant qu'il dit qu'en la gréfant,
De ce mal qui tant nous désole,
Il se rend maître & triomphant.
Nous consentons qu'il inocule
Ce mal à toute gent crédule,
Surtout du sexe féminin;
D'autant que ce maudit venin
En défigurant le visage,
Du grand avantage
De fixer par un teint charmant
Les transports d'un volage amant.
La beauté donc étant l'annexe
Et le partage du beau sexe,
Il redoute moins le trépas
Que la perte de ses apas,
Et craint par la raison susdite
Moins la grosse que la petite.
A ces causes, de très bon cœur
Consentons que de ce Gréfeur
Qui petite vérole gréfe,
Si bien le beau séxe se coëfe,
Que pour n'avoir taches ni trous
Qui puisse l'empêcher de plaire,
Il vende jusqu'à ses bijoux,
Pour lui payer son honoraire.
Et ce d'autant que les Docteurs

Tant relâchez que rigoristes,
Molinistes & Jansénistes,
N'y trouvent rien contre les mœurs,
Quoique saint Paul dise à la lettre,
Et défende à tout vrai Chrétien
De jamais aucun mal commettre,
Afin qu'il en résulte un bien.
Vû l'approbation publique
Du sacré corps Théologique,
A cette Inoculation
Donnons notre protection.
Défendons à la Médecine
D'impugner pareille doctrine,
Et de s'opposer à son cours
Dans les Villes & dans les Cours;
Exhortons le susdit la Coste
De parcourir l'Europe en poste,
Afin qu'allant de toutes parts
Secourir Venus allarmée,
Il porte encore sa renommée
Plus loin que Vinache & Villards. *
Lui déléguons pour ses salaires,
Gages, droits & revenanbons,
Sur nos fonds extraordinaires,
Le virus qui sort des bubons
Qu'engendre la petite vérole;
Afin que ce Docteur expert,
Toujours prêt à jouer son rôle,
Ne soit jamais surpris sans vert.

Pour peu qu'un Lecteur soit éclairé, il verra bien que ces railleries & ces contre-veritez ne tendent qu'à faire sentir le ridicule de l'homme, quand il veut sortir des bornes de sa sphere, *ridiculum acri*. Cette Inoculation est d'autant plus extravagante, qu'elle anti-

* *Deux Médecins Empiriques.*

cipe ſur les décrets du Ciel, en procurant une maladie qu'on n'auroit peut-être jamais eue, & qu'on n'eſt pas ſûr de ne point ravoir; outre le danger qu'il y a d'en mourir incertain du ſalut, par les fauſſes ſécuritez que vous donne l'Inoculateur.

*Ruit in omne nefas*
*Audax Japeti genus,*
*Cœlum ipſum petimus ſtultitiâ*

Quelque prévenu que je ſois contre ce nouveau ſyſtême de Médecine, à peu près du même genre de celui de la transfuſion du ſang, puiſque ſi l'un inſere la maladie, l'autre infuſoit la ſanté; je n'ignore pas ce qu'on pourroit alléguer en ſa faveur.

Mais, comme je l'ai déja dit, mon deſſein n'eſt point d'aller ſur les briſées de Mrs les Journaliſtes des Sçavans, d'autant plus qu'il y a des perſonnes dans ce corps pour qui j'aurai toujours beaucoup de déférence. Je les ſupplie même de ne point m'épargner & de me reprendre ſévérement, lorſqu'ils croiront que j'aurai avancé quelque choſe contre des ſentimens reſpectables, ou contre l'utilité publique; je puis les aſſurer qu'ils me trouveront toujours diſpoſé à ſuivre leurs avis, ou à profiter de leurs inſtructions.

Avant que de quitter ce ſujet, dites-moi, Monſieur, ne vaudroit-il pas mieux, au lieu d'aller chercher de nouveaux & dangereux remedes, qu'on s'attachât à perfectionner les anciens. Je me ſouviens que dans la petite vérole de feue S. A. R. Madame, on lui frotta les épaules & la plante des pieds avec une liqueur qui attira le venin ſur ces parties, & le détourna du viſage, où il laiſſe preſque toujours de ſi fortes impreſſions, qu'elles durent auſſi longtems que la vie.

Que ne fait-on part au Public d'un pareil remede ? Que si l'inventeur est assez dénaturé pour refuser de publier son sécret, que ne travaille-t-on à le découvrir ? Je parle à ceux qui par leur état & profession sont obligez de chercher tout ce qui peut être utile pour soulager les malades. Mais la plupart des Médecins du corps sont à peu près comme les mauvais Médecins de l'ame ; ils pensent plus à multiplier les remedes, qu'à les rendre spécifiques & immanquables.

Je suis, Monsieur, &c.

*Au Prieuré du Baillon ce* 10 *Janvier* 1724.

---

# LETTRE

## *A l'Auteur du Secretaire du Parnasse.*

PUisque vous me demandez, Monsieur, un récit fidele de la maniere dont votre Secretaire du Parnasse a été reçû du Public, je ne puis mieux vous l'exprimer, qu'en vous disant que je vous trouve fort heureux d'avoir été à votre Prieuré lorsqu'il parut ; car vous n'auriez pas été en sûreté dans Paris. Le déchaînement étoit si grand, qu'on ne parloit pas moins que d'en venir à des violences ouvertes contre vous : les plus modérez mettoient des Lettres de Cachet en jeu, ou publioient qu'on vous feroit défense de la part du Roy, de plus écrire en vers ni en prose.

Ce qu'il y a de plus étonnant, c'est que je connus bientôt que cette aversion générale regardoit plus votre personne que votre ouvrage ; puisque de cent personnes à qui je demandois ce qui pouvoit les avoir tant irrité dans votre Secretaire, quatre-vingt-dix-neuf me répondoient qu'elles ne l'avoient point lû. Ce n'est pas tout : vos meilleurs amis frapez des menaces ou étourdis par les cris de vos adversaires, ont lâché le pied, & sont convenus que vous vous déshonoriez, & que vous vous rendiez criminel d'Etat par votre entêtement à critiquer les Oeuvres de M. de la Motte. Ce qu'il y a de plus plaisant, c'est que les mêmes Epigrammes de votre Livre sont approuvées quand on les récite sans nom d'Auteur, ou qu'on les lit dans d'autres ouvrages que le vôtre ; témoin le dernier Censeur de l'Inès de Castro, qui en a paré sa Critique approuvée par le sieur Danchet.

Les Libraires, & principalement ceux à souscriptions, n'ont pas peu contribué au soulevement général, & selon moi avec beaucoup de raison. En effet, de quoi vous mêlez-vous, de parler de ce Négoce nouvellement inventé pour s'enrichir en peu de tems ? Qui vous a chargé d'examiner leur manege ? Demeurez en repos : personne ne vous contraint de souscrire ; n'empêchez point les autres de le faire. Etes-vous le réparateur des torts ? Croyez-moi, ne vous mettez pas à dos les Libraires & les Impimeurs, qui ( aux termes de l'Arrest du Conseil de Sa Majesté du 22 Février 1723 ) *sont censez & réputez du corps de l'Université de Paris, distinguez & séparez des Arts mécaniques, qui sont en possession de jouir des beaux Privileges attachez aux Suppôts de cette Université.* N'attaquez pas une Communauté riche & puissante, par l'union du grand nombre d'Auteurs qui sont à sa solde. S'ils étoient tous comme celui * qui a fait une Dissertation

* Il refuse même l'Exemplaire d'un Livre qui lui est donné comme Censeur, s'il est relié, parce qu'il ne lui est dû que broché : c'est outrer le désintéressement.

ſur l'Indult du Parlement, qui ne veut point être leur tributaire, les Libraires ſeroient bien contens : la libéralité des Sçavans rendroit encore leur fortune plus conſidérable : en ne payant point les Auteurs, les Livres ſeroient mieux conditionnez, & ne couteroient pas ſi cher ; les Gens de Lettres ne recevroient de récompenſe que des Rois & des Princes de leur Sang.

En un mot, ceſſez de réveler au Public les myſteres où vous ne devez point entrer : trompez-le, ſi cela vous fait plaiſir, avec votre *Homere vangé* dont vous voulez vous défaire, plutôt que de le mettre en garde contre les piéges que vous prétendez peut-être mal-à-propos (car il ne faut pas juger ſi déſavantageuſement de votre prochain) que les Auteurs & les Libraires lui tendent tous les jours. D'ailleurs ſoyez perſuadé que Mgr le Garde des Sceaux & M. l'Abbé de Vienne ont une parfaite connoiſſance de tout ce qui ſe paſſe dans la Librairie : rien n'échape à leur vigilance ; les Auteurs & les Libraires ne la ſurprennent point. Ce n'eſt pas à vous à moraliſer, & à vous ingerer de caver les raiſons qu'ils ont de ſouffrir les ſouſcriptions : vous devez reſpecter les permiſſions qu'ils donnent publiques & tacites, croire qu'ils ne s'écartent jamais des régles, & que leur volonté fait la loi, parce que c'eſt une émanation de l'autorité Royale dont ils ſont dépoſitaires ; c'eſt aſſez pour vous impoſer ſilence.

Vos ennemis ont voulu vous noircir dans des libeles un peu trop vifs, & dans une Requête qu'ils eurent la témérité de préſenter au Conſeil contre vous ; mais vous avez eu la conſolation de voir que M. le Chancelier Voiſin n'en fit aucun cas, & vous conſeilla de vous montrer plus ſage que vos adverſaires.

Le conſeil étoit bon, ſi vous aviez eu affaire à d'autres

tres qu'à des Auteurs & à des Poëtes, *genus irritabile vatum* : ils ont pris votre silence pour une impuissance à réfuter les faits dont ils vous ont chargé. Si vous avez envie de vous justifier, ne prenez point la voye d'une impression étrangere, adressez-vous à Mgr le Garde des Sceaux, il vous accordera la permission de donner au Public votre Apologie, pourvû qu'il n'y ait point d'invectives, & que vous ne passiez pas les bornes d'une légitime défense. Vous trouverez encore de la protection dans la Maison de Mgr le Duc ; vous êtes connu dans cette Cour par une infinité de vers que vous avez fait pour les Princes & les Princesses de cette auguste Maison. Ce seroit aujourd'hui le tems de faire part au Public de votre description de Chantilly ; elle mériteroit bien une belle traduction en vers ; on se feroit un grand plaisir de la lire ; on ne s'ennuiroit pas, comme on fait, en lisant le Mercure galand.

Mais à propos du Mercure, il paroît qu'il vous craint aussi peu qu'il vous estime ; puisqu'il a osé publier dans son mois de Janvier, que les honnêtes gens *auroient mis votre Secretaire du Parnasse au-dessous du rien.*

Je suis surpris que cet Auteur ait eu la témérité de vous attaquer : croit-il que vous soyez *& cantare pares, & respondere parati* ? Que lui avez-vous fait, pour vous insulter par un trait qui fait ressouvenir le Public de la définition que la Bruyere avoit donnée du Mercure ? Ce galant homme qui a si bien caractérisé une infinité de gens, traitoit les Mercures de manœuvres sordides ; Boileau ne les pouvoit souffrir, & Racine n'avoit pas moins d'aversion pour eux. Il faut que le Mercure ignore la maniere dont vous avez traité ses devanciers, pour oser jouter avec vous : ne craint-il point une réplique ? Je crois que vous serez bien vangé par une Lettre qui fut écrite à feu M. de Visé, qui eut la fade complaisance pour un grand Seigneur, de critiquer un ouvrage sans l'avoir lû. Cette Lettre a couru toute l'Europe; elle est imprimée à la fin du Journal littéraire de Soleure du mois de Juillet 1705, & dans plusieurs autres: elle contient douze pages. M. de Visé avoua un jour les larmes aux yeux à deux de ses amis, que jamais il n'avoit eu un chagrin plus sensible que celui de se voir hacher en piéces dans cette Lettre, dont Paris fut inondé en moins de huit jours. En voici quelques traits qui vous feront juger du reste, à la page 349.

„ Si vous n'aviez aucunes vûes en écrivant, si l'es-„ pérance & la crainte n'entroient en rien dans vos „ Lettres, si le plaisir de faire votre Mercure en étoit „ le seul objet, comme il est le mien dans tout ce que „ je donne au Public; on auroit assurément plus „ d'empressement à le lire, & l'on ne seroit pas tou-„ jours en garde contre cet amas de louanges dont „ vous fardez tout ce qui vient de votre plume. Con-„ tinuez, Monsieur, puisque vous vous en êtes fait une „ habitude depuis vingt-sept ans.

„ Il est trop tard pour songer à la changer; mais je „ ne suis point obligé de vous imiter: vous écrivez „ pour le présent, j'écris pour l'éternité. Mon caracte-„ re & mon devoir me forcent de dire la vérité: com-„ me je ne suis point obligé de faire des livres, j'aime-„ rois mieux me taire que de la dissimuler ou de la „ trahir. Vous êtes souvent trompé dans les nou-„ velles que l'on vous donne; vous les débitez comme „ vous les recevez; vous n'en êtes jamais garand; on „ est toujours dans l'incertitude; le mois de Janvier

„ détruit quelquefois le mois de Décembre ; le Public „ compte là-dessus, & c'est en cela qu'il n'est pas „ trompé. Il n'en est pas de même des Livres que je „ laisse à la postérité ; je ne dois point lui en imposer, „ en donnant le faux pour le vrai : je tomberois dans „ cet inconvénient, si j'avois, comme vous, plus d'en„ vie de plaire à mes comtemporains, qu'aux siécles à „ venir.

Et à la page 551 on lit : „ Si vous aviez des occupa„ tions & des études sérieuses, si vous ne passiez pas „ toute votre vie à rechercher les nouvelles du tems, „ les Baptêmes, les mariages, les Morts, les historiet„ tes, les galanteries, les avantures, & mille autres „ bagatelles dont votre Mercure est plein, vous n'i„ gnoreriez pas que l'une des plus curieuses lectures „ que l'on puisse faire, ce sont les Mémoires de Tré„ voux.

Et à la page suivante on lit encore : „ Vous voulez „ décider en maître ; cette matiere n'est pas de votre „ compétence, comme les nouvelles, les historiettes, „ les vaudevilles, les énigmes, & les noms de ceux „ qui les devinent, que vous recherchez avec tant de „ soin pour grossir votre Livre ; tenez-vous dans les „ bornes que vous vous êtes prescrites, puisque le juge„ ment vous abandonne, quand vous en sortez.

Voilà les trois articles de cette fameuse Lettre, qui fit tant de chagrin à M. de Vizé : si l'Auteur du Mercure veut, je la lui communiquerai ; je vous l'envoie, vous ferez ce qu'il vous plaira. En faisant le pacquet, un de mes amis est survenu, & m'a apporté le tome premier d'un Livre intitulé *l'Eleve de Terpsicore, ou le Nourrisson de la Satyre*, imprimé à Amsterdam chez Balthasar Tromps : il m'a fait remarquer un endroit qui vient fort à propos pour vous consoler, si vous êtes fâché de vous voir attaqué par l'Auteur du Mercure; ce sont les lamentations du pauvre Dieu Mercure, qui se plaint à Calliopé de ce qu'étant destiné à servir le Dieu du Tonnerre & toutes les autres Divinitez, les mortels l'emploient à des usages indignes de sa qualité: voici comme il parle. „ Je suis le meilleur „ Dieu du monde, & j'aime naturellement à faire plai- „ sir; mais je ne puis me consoler de ce que m'abais- „ sant jusqu'à me faire le misérable postillon des mor- „ tels, on m'a chargé du honteux emploi de divulguer „ toutes les sornettes dont de Vizé & ses successeurs „ ont eu soin jusqu'ici de régaler le Public réguliere- „ ment tous les mois.

Vous voilà bien vangé; je n'en dirai pas davantage: vous devez être content du zele avec lequel je suis, Monsieur,

Votre très-humble & très-obéissant, *&c.*

*A Paris ce 25 Février* 1724.

---

# RE'PONSE

## A LA LETTRE PRECEDENTE.

BIen loin d'être surpris du déchaînement universel de tous les Citoyens du Parnasse contre moi: je suis étonné qu'ils n'ayent pas poussé les fureurs plus loin, puisqu'il y a vingt ans que je n'en fus point quitte à si bon marché, quoique le Président Cousin mon Examinateur d'alors protestât devant Mgr le Chancelier de Boucherat, qu'il n'avoit point examiné de Livre avec plus de satisfaction de la part de l'Auteur & de la matiere.

Heureusement pour moi, l'Illustre Magistrat qui protege & dirige la République des Lettres, loin de se laisser prévenir, a connu l'affaire par lui-même, & a jugé que la guerre entre les Poëtes pouvoit être soufferte en sureté de conscience, & qu'elle pouvoit même être utile, selon l'axiome *Privatis odiis Respublica crescit*.

Pour commencer à profiter de la liberté genereuse qu'il accorde aux Républicains du Parnasse, je vous dirai que j'ai peine à comprendre que l'Auteur du Mercure ait eu l'imprudence de mettre mon Sécretaire du Parnasse *au-dessous du rien* : ceux qui lui ont inspiré cette pensée, lui ont rendu un mauvais service, puisqu'ils font ressouvenir le Public que la Bruyere par cette définition avoit caractérisé le Mercure galand par un titre incommunicable à tout autre Livre qu'à celui-là.

La Bruyere Ecrivain qui définissoit bien,
Et qui peignoit d'après nature,
Ayant mis au-dessous du rien
Le Livre & l'Auteur du Mercure :
Monsieur, il vous est mal séant
De régaler autrui du titre qu'il vous donne ;
Restez donc dans votre néant,
Et n'en faites part à personne.

M. de L. R. ne manquera pas de répondre qu'ayant retranché l'épithéte de *galand* à son Mercure, il l'a pour ainsi dire élevé au-dessus de la bagatelle, & qu'il l'a tiré du néant.

Tout beau, me direz-vous, par ce trait De Visé
Fut fort bien caractérisé ;
Mais je vaux mieux, & mon Mercure

Eſt un être dans la nature.
C'eſt un être, il eſt vrai, mais un être ſi bas,
Qu'il vaudroit mieux qu'il ne fût pas.

Au reſte je ne ſçai ſi en retranchant le titre de galand & la galanterie du Mercure, il en eſt devenu meilleur. On voit bien que par ce retranchement l'Auteur a prétendu donner à ſon Livre la dignité de Journal, & prendre la qualité de Journaliſte; mais comme un Roturier ſe rend preſque toujours ridicule, en ſe donnant des airs de nobleſſe; de même un Auteur né pour des bagatelles, ſe fait mocquer de lui lorſqu'il veut paroître un Auteur au grand colier: ainſi Mercure pour Mercure, j'aurois encore mieux aimé le galand que le ſçavant.

Quand De Vizé faiſoit le Mercure galand,
On y liſoit Hiſtoriette,
Tendre, galante, & joliette;
C'étoit ſon vrai petit talent.
Mais quoique chéri du vulgaire,
Par gens de goût ſon Livre étoit fort mépriſé:
Or à preſent jugez quel cas on en doit faire,
Puiſqu'il vaut encor moins qu'au tems de De Vizé.

L'Epigramme que Mrs Racine & Deſpreaux firent autrefois contre le Mercure, marque non ſeulement leur mépris pour ce Livre, mais elle en déſigne encore parfaitement le bas caractere; comme elle eſt un peu ſale, je vais vous la mettre en latin. Boileau dit:

Le latin dans les mots brave l'honnêteté;
Mais le lecteur françois veut être reſpecté.

*Omnibus iſte Liber ſe prodit menſibus anni:*
*Jureque; Muſarum menſtrua ferre ſolet.*

Que si l'Auteur du Mercure & ses Associez ne goutent pas ces Epigrammes, d'autant qu'un de leurs Héros les traite d'ouvrage indigne d'un homme d'esprit, & d'armes trop faciles & trop vulgaires; je vais les servir d'un ragoût plus conforme à leur appétit: c'est un pot pourri à la Scarron, ou pour parler plus honorablement, un caprice Poëtique.

## *CAPRICE.*

Tai-toi donc, babillard Mercure,
Sur mon chapitre, ou je t'assure
Que par une vive censure
Je dauberai ton écriture,
Si bien que la race future,
Allant pour soulager nature
Au cabinet des confitures,
Prendra ta rampante brochure
En guise de maculature,
Pour la mettre en sale teinture;
Elle pourira dans l'ordure,
Pendant que la mienne plus pure,
Parvenant à la reliûre,
Et profitable en sa lecture,
Pourra servir de nourriture
A des gens de littérature.
Tai-toi donc, babillard Mercure,
Sur mon chapitre, ou je te jure
Que de moi recevras blessure,
Dont nul ne pourra faire cure.
De tes suppôts la troupe obscure
Aura beau crier à l'injure,
On rira de son vain murmure;
Alors redoublant la torture
A tes écrits pleins de roture,
Je te ferai peine si dure,

Que tu prendras pâle figure,
Et pleureras outre mesure,
De quoi certes je n'aurai cure.
Tai-toi donc, babillard Mercure
Sur mon chapitre, ou je te jure
Que tout ce que je rime en ure
T'arrivera pour chose sure.

Oüy, Monsieur, il doit craindre d'être mis si bas par la critique, qu'il ne lui restera plus que des morts, des mariages, des chansons, des énigmes: on pourra même lui ôter le droit d'en publier de mauvaises, lorsqu'on en donnera de meilleures que les siennes; en voici une qui pourroit n'être pas de son goût, mais qui est cependant très juste :

## *ENIGME.*

Je suis un être & ne suis rien,
Mon parrain est un Dieu vaurien;
Pour moi je ne vaux pas grand chose,
En vers tout de même qu'en prose :
Vrai crocheteur des faux esprits,
Je porte partout leurs Ecrits.
Par mon canal gagnant sa vie,
Mon pere souvent vous convie
A deviner : or devinez ;
A la Cour, aux champs, à la ville,
Je plais à des esprits bornez ;
L'énigme n'est pas difficile.

Pour répondre au reste de votre Lettre, je vous dirai que je suis charmé de voir que M. de Voltaire ait imploré la protection du Dieu de la Scène Françoise, avant que de mettre sa *Mariane* sur le Théâtre ; c'est lui chercher une querelle d'Allemand, que de le critiquer sur le genre de mort qu'il attribue à son Héroïne.

*Arrouet* par le poison fait mourir *Mariane*,
Que *Joseph* fait mourir sur un triste échafaut;
Chacun sur ce point le condamne,
Et dit que c'est un grand defaut:
Mais je croi qu'on a tort d'y trouver à redire:
Pourvû que par des vers barbares, durs, & plats,
Il ne nous maîtrise pas,
Laissons-lui le choix du martyre:
Mais il doit craindre la satyre,
S'il fait en rimeur froid & bas,
De *Mariane* une *Artemire*. *

A l'égard du sieur de Boissy qui a écrit contre moi, je souhaite que sa Comédie de l'*Impatient* réussisse, non point par une fausse ostentation de rendre le bien pour le mal, mais parce que le Théâtre comique a très grand besoin d'être purgé des sotises & des balivernes dont on le charge tous les jours.

Ce nourrisson de *Terpsicore*,
Ce jouvanceau qui tete encore,
De *Talie* aujourd'hui prend le rôle à la main,
Et veut prêcher le genre humain.
Mais si des mœurs, comme *Térence*,
Il ne donne un tableau riant,
L'Auditeur plein d'impatience
Sifflera son *Impatient*.

ce qui est arrivé.

Quant à la qualité qu'il me donne de Bourreau du Parnasse, outre qu'il n'est que l'écho d'un autre, n'est-ce point dans le même esprit des criminels, qui nomment les Juges séveres *des Bourreaux?* Le sage Magistrat qui par une exacte & briéve justice nous délivre tous les jours de ces fameux scélérats que l'impunité &

* Piéce du même Auteur, qui n'a pas réussi.

la corruption avoit produits en ſi grand nombre, s'eſt vû donner ce titre par ceux qu'il envoye en Gréve : je fais donc gloire de le partager avec lui.

Lorſqu'en juge des faux eſprits,
Je punis rimeur qui croaſſe,
*Gibber* me donne par mépris
Le nom de Bourreau du Parnaſſe :
Mais ce boſſu des plus haïs,
Doit ſçavoir que dans cas pendable,
Il vaut mieux être en tout pays
L'exécuteur que le coupable.

Il ne me reſte, Monſieur, qu'à vous remercier des avis que vous me donnez ; j'en profiterai : je ne parlerai plus des mauvais Auteurs, je veux être leur ami. J'ai toujours honoré M. de la Motte, dans le tems que je critiquois le plus vivement ſes ouvrages : ſes partiſans (car ſon mérite lui en attire beaucoup) ne ſçauroient là-deſſus me faire le moindre reproche.

Je garderai un grand ſilence ſur les ſouſcriptions, je veux me réconcilier avec les Libraires ; je ne trouverai plus à redire à tout ce qu'ils font : leurs ouvrages auront aſſez de critiques ſans moi, & c'eſt ce qui leur en procurera la vente. Je conviens avec vous que je n'y ai aucun interêt ; c'eſt l'affaire du ſuprême Magiſtrat & du Cenſeur public. Je prens le même parti à l'égard de l'Auteur du Mercure, puiſqu'en m'envoyant les traits ſatiriques qui ont été faits contre ſes prédéceſſeurs dont il eſt héritier, vous me trouvez bien vangé des injures qu'il a vomies contre moi.

J'apprens même un événement fort ſingulier ; on me flate que j'y ai donné occaſion : on a interdit au Mercure & à tous autres Fabricateurs de brochures périodiques, les extraits des Livres ; on leur permet seulement de les annoncer, sans aucune paraphrase. En les sévrant de ce plaisir, on les empêche de trancher en maîtres, & de décider, comme ils faisoient, avec trop d'empire, & avec un air de capacité qui leur sied mal. Cette faculté est désormais réservée aux doctes Auteurs du Journal des Sçavans, lequel ( sans être pourtant abandonné des Médecins ) étoit ci-devant mort de la peste d'une façon très pitoyable ; M. l'Abbé Bignon l'a fait revivre par miracle, en donnant la plume à un *docte*, au lieu du *Docteur* qui n'a plus voulu travailler ; & tant que les quatre * personnes qui le dirigent sous ses yeux, continueront de nous donner des extraits du même goût que ceux que nous venons de voir dans les mois de Janvier, Février, & Mars, l'ouvrage sera recherché, & méritera la curiosité de toute l'Europe.

Tout le monde fait cas de cet illustre *Quatuorvirat* ; que ce terme nouveau ne vous effraye point, il n'est pas de moi : M. Burette dans son Programe du Collége Royal, en est le pere ; & pour lui donner cours, il a pris lui-même la qualité de *Quatuorvir*. Voici les termes de son affiche : *Jacobus Burette, Professor Regius, Academiæ Litteratorum, nec non Eruditorum Diarii Quatuorvir.* Ses illustres Collégues vont sans doute l'imiter. Pour moi qui les estime infiniment, je ne leur donnerai point d'autre qualité, quand j'aurai occasion de parler d'eux & de leurs beaux ouvrages. J'ai pourtant lieu de m'en plaindre, parce que dans leurs trois Journaux ils n'ont point encore donné matiere à ma critique : j'ai bien fait de la fixer sur la Poésie ; elle

* Mrs des Fontaines, d'Héricours, Burette, & Andry.

n'auroit pû mordre sur leur prose, tant elle est élégante.

M. l'Abbé des Fontaines, dit-on, seroit seul capable de le faire comme il faut : ce *Quatuorvir* a donné des preuves de la fécondité & de la beauté de son heureux génie, dans ses Lettres à M. l'Abbé Hauteuille, sur son Livre de la Religion prouvée par les faits. Ces Lettres si estimées & ses Paradoxes lui ont fait donner le nom de Pascal moderne, parce qu'elles sont écrites avec autant de finesse que de solidité. Et comme il est très-important qu'il y ait de l'émulation entre les Gens de Lettres, on n'a eu garde d'empêcher les Peres Jésuites de continuer leurs *Mémoires de Trévoux*. Comme ces fameux Journalistes ont le même objet, le Public aura le plaisir de voir ces beaux esprits travailler à l'envi pour effacer les idées désavantageuses qu'on avoit jadis conçues mal-à-propos de leurs Journaux. S'il m'étoit permis de sortir des bornes que je me suis prescrites, je risquerois quelques traits de mon génie sur les ouvrages de ce *Quatuorvirat* ; mais il ne m'appartient pas de prendre un essor si haut : je m'en tiendrai à l'admiration, & je continuerai mon Sécretaire du Parnasse sur tout ce qui sera Poésie françoise & latine, le sérieux & le plaisant, le comique & le tragique, les inscriptions, les élégies, les épigrammes y entreront, pour contenter tout le monde. Je vais mettre la derniere main à des ouvrages qui n'ont point encore vû le jour ; & je me flate que les plus severes Censeurs qui ont jadis marqué tant d'aversion pour mes vers, les aimeront, & me priront d'en enrichir l'Empire des Lettres. Vous jugez bien, Monsieur, qu'un Sécretaire du Parnasse ne se fera pas tirer l'oreille : je donnerai même plus qu'on ne me demandera ; je vous en aſſure, & vous prie d'en avertir vos amis.

Et puiſque j'ai commencé à parler de M. l'Abbé des Fontaines, je puis en qualité de Secretaire du Parnaſſe, aſſurer le Public que ce n'eſt pas à tort qu'on l'a ſoupçonné d'être l'Auteur des *Antiparadoxes*, qu'il a, dit-on, compoſez pour ſervir de Commentaires aux *Paradoxes*. Ces Antiparadoxes, au gré des fins connoiſſeurs, valent encore mieux que les Paradoxes ; & il n'y a proprement, de tous les écrits qu'on a faits ſur l'*Inès de Caſtro*, que ces deux-ci qui méritent d'être achetez, ſi l'on en excepte cependant les ſentimens du Spectateur François, par M. Tierrieau, le Pollux de M. de Voltaire. Il ne me convient point de parler de la premiere partie du Secretaire du Parnaſſe, qui n'a pas laiſſé de réjouir le Public. Quoiqu'il en ſoit, on peut dire que les deux écrits de M. des Fontaines ont abſolument coulé à fond le pauvre M. de la Motte, dont les lauriers ſe flétriſſent de jour en jour, & ſont aujourd'hui ſi ſecs, qu'ils lui couvrent à peine quelques cheveux de la tête. A l'occaſion de la victoire que les Paradoxes & les Antiparadoxes ont remportée ſur la piéce d'Inès, voici une allégorie fort ſimple.

## Le Vaisseau et les Corsaires,

### *Allégorie.*

Un Armateur à legere cervelle,
Avoit tenté d'équiper à grands frais
Certain Vaiſſeau de ſtructure nouvelle :
Le peuple voyant ſes agrès,
Ses cordages, ſa maſſe énorme,
Tant qu'il demeura dans le port,
Ne trouva rien à redire à ſa forme.

On lance en mer le vaisseau de haut bord ;
O quel voilier, s'écria-t-on d'abord !
Vite, dit-on, il faut qu'il aille en course ;
Ce Bâtiment, au gré des Matelots,
De l'Armateur grossira bien la bourse.
Le Vaisseau part ; du Midi jusqu'à l'Ourse,
Il semble défier les flots ;
C'est le Roy de l'humide plage,
Qui fend superbement les eaux.
Mais à peine étoit-il un peu loin du rivage,
Que voici deux petits vaisseaux,
Deux petits Corsaires nouveaux,
Qui du Vaisseau massif méprisant l'avantage,
Soudain à grands coups de canon,
Brisent vergues & mats, cabestan, artimon,
Et puis viennent à l'abordage.
Le superbe Vaisseau construit bizarrement,
Ne peut virer de bord que difficilement :
Il est pris ; & tout l'équipage
Mal aguerri, pâle d'effroy,
Des Corsaires subit la loi.

Je suis, Monsieur, &c.

LE POETE SANS FARD.

*A mon Prieuré de Baillon ce 6 Mars 1724.*

FIN.

## PRIVILEGE DU ROY.

LOUIS par la grace de Dieu Roy de France & de Navarre, à nos amez & féaux Conseillers les Gens tenans nos Cours de Parlement, Maistres des Requêtes ordinaires de notre Hôtel, Grand Conseil, Prevost de Paris, Baillifs, Sénéchaux, leurs Lieutenans Civils, & autres nos Justiciers qu'il appartiendra, Salut. Notre bien amé FRANÇOIS FOURNIER Libraire & Imprimeur à Paris, Nous ayant fait supplier de lui accorder nos Lettres de permission, pour l'impression d'un Livre qui a pour titre *le Secretaire du Parnasse*: Nous avons permis & permettons par ces Présentes audit Fournier d'imprimer ou faire imprimer ledit Livre en tels volumes, forme, marge, caractere, conjointement & séparément, & autant de fois que bon lui semblera, & de le vendre, faire vendre & débiter par tout notre Royaume, pendant le tems de trois années consécutives, à compter du jour de la date desdites Présentes : Faisons défenses à tous Libraires, Imprimeurs, & autres personnes, de quelque qualité & condition qu'elles soient, d'en introduire d'impression étrangere dans aucun lieu de notre obéïssance. A la charge que ces Présentes seront enregistrées tout au long sur le Registre de la Communauté des Libraires & Imprimeurs de Paris, & ce dans trois mois de la date d'icelles; que l'impression de ce Livre sera faite dans notre Royaume, & non ailleurs, en bon papier & en beau caractere, conformément aux Réglemens de la Librairie; & qu'avant que de l'exposer en vente, le manuscrit ou imprimé qui aura servi de copie à l'impression dudit Livre, sera remis dans le même état où l'approbation y aura été donnée, ès mains de notre très-cher & feal Chevalier Garde des Sceaux de France le Sieur FLEURIAU D'ARMENONVILLE, & qu'il en sera ensuite remis deux Exemplaires dans notre Bibliotheque publique, un dans celle de notre Château du Louvre, & un dans celle de notredit très cher & féal Chevalier Garde des Sceaux de France le Sieur Fleuriau d'Armenonville; le tout à peine de nullité des Présentes. Du contenu desquelles vous mandons & enjoignons de faire jouir l'Exposant ou ses ayans cause pleinement & paisiblement, sans souffrir qu'il leur soit fait aucun trouble ou empêchement. Voulons qu'à la copie desdites Présentes qui sera imprimée tout au long au commencement ou à la fin dudit Livre, foi soit ajoutée comme à l'Original. Commandons au premier notre Huissier ou Sergent, de faire pour l'exécution d'icelles tous actes requis & nécessaires, sans demander autre permission, & nonobstant Clameur de Haro, Charte Normande, & Lettres à ce contraires: Car tel est notre plaisir. Donné à Paris le douziéme jour du mois de Novembre l'an de grace mil sept cens vingt trois, & de notre Régne le neuviéme. Par le Roy en son Conseil, *signé*, DE SAINT-HILAIRE.

*Registré sur le Registre V. de la Communauté des Libraires & Imprimeurs de Paris, page 385, n°. 677, conformément aux Reglemens, & notament à l'Arrest du Conseil du 13 Aoust 1703. A Paris le 15 Novembre 1723.*

BALLARD, *Syndic*.

www.ingramcontent.com/pod-product-compliance
Ingram Content Group UK Ltd.
Pitfield, Milton Keynes, MK11 3LW, UK
UKHW020446180726
13839UKWH00004B/1667